À la famille et aux amis d

L'apprentissage de la lecture est une ▓▓▓
votre enfant. Apprendre à lire est diff▓.   ▓▓ *peux lire!*
est conçue pour rendre cette étape plus facile.

Tout comme l'apprentissage d'un sport ou d'un instrument de
musique, la lecture requiert d'exercer souvent ses capacités. Mais
pour soutenir l'intérêt et la motivation de l'enfant, il faut le faire
participer au sport ou lui faire découvrir l'expérience de la « vraie »
musique. La série *Je peux lire!* est conçue de manière à fournir le
niveau de lecture approprié et propose des histoires intéressantes
qui rendent la lecture stimulante.

Quelques conseils :

- La lecture commence avec l'alphabet et, au tout début, vous
  devriez aider votre enfant à reconnaître les sons des lettres dans
  les mots et les sons que font les mots. Avec les lecteurs plus
  expérimentés, mettez l'accent sur la manière dont les mots sont
  épelés. Faites-en un jeu!

- Ne vous arrêtez pas au livre. Parlez avec l'enfant de l'histoire,
  comparez-la à d'autres histoires et demandez-lui pourquoi elle
  lui a plu.

- Vérifiez si votre enfant a bien compris l'histoire. Demandez-lui
  de la raconter ou posez-lui des questions sur l'histoire.

C'est aussi l'âge où l'enfant apprend à monter à bicyclette. Au début,
pour faciliter les choses, vous posez des roues stabilisatrices et vous
tenez la selle pour le guider. De même, la série *Je peux lire!* peut
être utilisée comme outil pour vous aider à guider votre enfant et à
en faire un lecteur compétent.

Francie Alexander,
spécialiste en lecture
Groupe des publications
éducatives de Scholastic

Catalogage avant publication de Bibliothèque
et Archives Canada

Wilhelm, Hans, 1945-

Je suis grognon / Hans Wilhelm ;
texte français des Éditions Scholastic.

(Je peux lire!)
Traduction de: I'm so grumpy.
Pour les 3-6 ans.
ISBN 978-0-545-98190-3

I. Titre. II. Collection: Je peux lire!

PZ23.W538Jeb 2009   j813'.54   C2009-902706-2

Édition publiée par les Éditions Scholastic,
604, rue King Ouest, Toronto (Ontario) M5V 1E1.

6 5 4 3 2   Imprimé au Canada 119   11 12 13 14 15

Je suis grognon

Hans Wilhelm

Je peux lire! – Niveau 1

Éditions SCHOLASTIC

Je suis grognon.
Écartez-vous de mon chemin!

Encore ces croquettes!

Je ne veux pas sortir!

Laisse-moi!
Je ne veux pas
me faire brosser.

Je veux qu'on me laisse en paix!

Va-t'en de mon lit!

Ce n'est vraiment pas
une bonne journée.

Laisse-moi tranquille!

Ouaaaah!

Maintenant, nous sommes
tous les deux grognons.

J'en ai assez d'être grognon.
Ce n'est pas drôle.

Je sais ce qu'il me faut!

Viens ici, bébé.

Chatouille-moi!

Ha! ha! ha!
Hi! hi! hi!
Les chatouilles me
font toujours rire.

Maintenant, nous ne
sommes plus grognons.